空と花と小さな手

上田桂子

東京図書出版

空と花と小さな手 ✿ 目次

幸せなとき 4
五月の空 6
薔薇と紫陽花の庭 8
雨蛙 12
バスケット 16
父と海 20
秋の青 24
小鳥 28
布団 32
シクラメン 36
鈴 38

ハート形　42
瞳　46
童謡を歌う日々　50
手紙　54
花　56
閉店時間　60
指　64
春がくる　68
待っていてね　70
揚羽蝶　72
あとがき　76

幸せなとき

名前も知らない鳥が
庭に舞い降りたとき

白い蝶が窓辺を訪れたとき

部屋のシクラメンが
冬に赤い蕾をつけたとき

電話の向こうの息子の声が
いつものように明るかったとき

幸せなとき

口喧嘩した娘と
湯船につかって仲直りしたとき

星の瞬く夜
空を見上げ
子どものように願い事をするとき

五月の空

晴れ渡った空を見上げたら
そこにあなたがいるのを感じました

お母さん
あなたは　そこに逝ったんですね
遠いところだけど
いつも　わたしを見下ろしている
だから　安心して幼子のように
あなたを見上げる

五月の空

亡くなる前は
あなたが　わたしの子供のようで
わたしが　あなたの母親のようで

亡くなったら
わたしは　あなたの子供に戻り
あなたは　わたしの母親に戻り

「お母さん」と
いつでも空を見上げて
呼んでいいですか

わたしは　これでやっと
あなたの小さな子供に戻りました

薔薇と紫陽花の庭

梅雨入り前の夕暮れ
透き通る青色の空
歩くと一軒の空き家の前

ブロック塀の中に
濃いピンクの薔薇と
うす紫の紫陽花が咲いている

年老いた主《あるじ》のいない庭で
ひっそりと咲いている

庭の主は看護師だった
道端で赤ん坊を抱くわたしに
優しく声をかけてくれた

ベビーカーを押して歩くときも
子どもの手を引いて歩くときも
微笑みながら声をかけてくれた

実の子のいないその人は
夫を失ってから
義理の子どもたちに疎まれた

あの優しい笑みは消え
老い先の不安と悲しみが

あの人を衰えさせた
家の中で転ぶようになり
顔には青あざと傷をつけて

三月の終わり
回覧板の隅に細い弱々しいあの人の文字
「いままでありがとう　さようなら」

遠い町の親戚を頼って
老人ホームに入るという
小さなプリザーブドフラワーを
「部屋に飾る」と無邪気に喜びながら
安心したように　寂しそうに微笑んだ

薔薇と紫陽花の庭

主のいない古い家の庭で
薔薇と紫陽花が咲く

帰ってはこないあの人を
待っているのだろうか
心配しているのだろうか
幸せを願っているのだろうか

やがて梅雨の雨が降り
置き去りにされた涙のように
薔薇と紫陽花はしっとりと濡れていた

雨蛙

梅雨の季節だけのお客さま
小指の先っぽほどの雨蛙

庭の隅の湿った場所で
ぴょんと跳ねて
わたしを驚かす

うっとうしい雨の日の
ささやかな楽しみは
小さなあなたに会えること

雨蛙

もうまもなく夏が訪れるのだと
知らせてくれる

あの照りつける夏が来たら
あなたはどこにいくの
あなたの命はどこにいくの

ある日梅雨が明け
からっとした夏が来た
雨蛙はもういない

玄関先に小指の先っぽほどの
緑色のバッタがとまる

雨蛙は夏のバッタに
鮮やかに姿を変えた

雨蛙

バスケット

夏になったら
籠を持って出掛ける
十代の頃からずっとそうしてきた

職場にもバスケットを持って行って
同僚にからかわれたけど
六十代の今は
フリンジの付いた大きな籠

籐でも麻紐でもプラスチックでも

バスケット

素材は何でもいい
涼しげなものがいい
サンダルをはいて
つば広の帽子も被って

少女の心を
その籠に入れて
南の島を旅するように
貝殻を拾いに行くように

どこに出掛ける予定もないけれど
それならなおのこと
七十代になっても
八十代になっても

夏になったら
籠を持って
わたしは出掛ける

バスケット

父と海

年老いた母の思い出話

遠い夏の日
父は幼いわたしを海に連れていった
母が作ったおにぎりを手に
ローカル電車に乗って

海で遊び
竹竿で岩場の蟹を釣り
電車に乗って家路についた

父と海

汗まみれで眠りこけるわたしを
父は片手で背負い
もう片方の手には蟹の入ったビニール袋
大事そうに提げていた

弟を海に連れていく頃になると
ビニール袋に入った蟹を
砂浜に逃がしてしまう父

すぐ死んでしまうから
かわいそうだからと

そう　わたしは憶えている

太陽が水平線に近づくと
海面はきらきらと輝き出す
波打ち際に立つ父の日に焼けた背中
弟の麦わら帽子
浜茶屋で待つ母

傾きかけた日差しの中
蟹たちは波間をゆらゆら漂い
消えていった

父と海

秋の青

ずいぶんと高い所に逝ってしまって
でも　なんという青だろう

あなたのキャンバスですか
お母さん
そこから　何が見えますか

もし　お父さんが見えるなら
外に誘い出してくれませんか
足腰が弱くなって

秋の青

引き籠もるようになったから
秋の澄んだ空気を
吸わせてあげてくれませんか

飛行機雲が　今
真っ青なキャンバスに
白い線を描きました

あなたの孫娘は
秋の終わり
純白のウエディングドレスで

バルコニーに立ちます
どうか　この空を
あの子に贈ってください

秋の青

小鳥

小鳥が死んだ
文鳥のつがいの一羽

晩秋の朝
鳥籠の巣の中で
白い羽を横たえ
桃色のくちばしは紫色に変わり
冷たくなって

わたしは泣きもせず

小鳥

亡骸をそっと巣から取り出すと
子どもたちと庭の木の根元に埋めた

子どもたちは花を探したけれど
花は見つからず
代わりに落葉と赤い実と松ぼっくりを
被せた土の上に置いた

わたしは泣きもせず
子どもたちと手を合わせた

人生に秋が来たら
いつしか暗い影が心を覆った
もう若くもない自分

何者にもなれず
焦りと後悔と寂しさの森を彷徨えば
子どもたちの声さえ遠ざかっていく

小鳥はわたしの身代わりになったのだろうか
つがいのもう一羽を残したまま

ささやかな埋葬は
もう一度生まれ変わるための
神聖な儀式のように
翳った心を透明にしていく

小鳥

布団

おじいちゃんのベッドの横に
ひと組の布団

ふたつに折り畳んで
彼は毎日　仕事に行く

夜勤明けの朝
孫と祖父のふたつの寝顔

大学生のときに祖母が亡くなって

布団

彼はおじいちゃんの隣で眠るようになった

病弱だった父親の代わりに
おじいちゃんが父親役
宿題を教え
塾の送り迎えをし
野球とサッカー好きの孫のため
ふたりで電車に乗ってスポーツ観戦

年を取ったおじいちゃんは
車を運転できなくなり
転んで骨折したり
心臓を患ったり
いつしか寝たきりになった

それでも彼は
おじいちゃんの隣で眠る

幾度めかの冬が来て
おじいちゃんは老健に入居する
彼はおじいちゃんの部屋で
ひとりで眠る

からっぽのベッドの横
布団をふたつに折り畳んで
彼は毎日　仕事に行く

布団

シクラメン

十二月
小さな蕾が膨らみはじめる

濃い緑色の葉の下で
まだ誰にも気付かれたくないかのように
初々しい少女が
くちびるに淡い紅をさしたように

今年中に咲くのかしら
それとも年をまたぐのかしら

シクラメン

外は冷たい雨が降り続く
今にも雪に変わりそう

でも　ほの暖かいこの窓辺は
時がゆっくりと流れ
花が咲くのを　じっと待っている

長く寒いモノクロの冬を
うす紅色で彩り
悴んだ心に　そっと寄り添ってくれる

静かな一年の終わり
シクラメンは　花びらを開かせ
真新しい年を迎える準備をはじめる

鈴

探し物をしていたら
引き出しの奥
小物入れを見つけた
開けてみたら
小さな鈴がいっぱい

すべて母からもらったもの
鈴が好きで
旅先で買って
お土産にひとつずつ渡してくれた

鈴

神社で買った銅の鈴
桃色の珊瑚が付いた鈴
木製の飾りにわたしの名前を彫った鈴

こんなところに
母の思い出が隠れていた
形見になるなんて思わないから
ぞんざいに引き出しの奥に押し込んで

ひとつずつつまんで
「何処で買ってくれたの」
と母に聞くことはもうできない
ひょっこり現れてくれたことに
そっと微笑むだけ

しゃらしゃらと
耳元で小さな鈴を鳴らしていると
母の声が聞こえてくるよう
晩年はめったにみせなかった
笑顔も浮かんでくるよう
忘れないでと願っているよう

これからは手元に置いて
ときどき　しゃらしゃらと鳴らしてみよう

鈴

ハート形

ちっちゃなハート形

左足の小指に六本めの指がくっついて
ふたつの爪もくっついて
ハート形になっている

そうやって生まれてきた
主治医も見逃すくらい
小さな生命の奇跡
神様からの贈り物

ハート形

新生児室で　わが子を見分ける目印になると
娘は笑って言った

可愛らしいハート形

すこしずつ　すこしずつ大きくなっても
あの子のチャームポイントに変わりはない

やがて
元気に足をバタつかせ
くるりと寝返りをし
床をパタパタ這うようになり
一歳の誕生日を迎える頃
六本めの指を切り取る手術の日が近づく

あのハート形は無くなってしまう
幼すぎて　あの子の記憶にも残らない

知っていたのは　わたしたちだけ
触れたのは　わたしたちだけ

ありがとう
見えない六本めの指よ
いっしょに生まれてきてくれて
もの心つかないあの子の代わりに
お礼を言います

切り取るという選択をした親たちを
どうか許してほしい

そして　願ってくれますか
あの子の健やかな成長を
いっしょに願ってくれますか

瞳

冷たく硬い地下シェルターで
母親たちが
小さな命を生み落とすという

凄まじい爆撃の音と振動に怯え
泣きながら
祈りの中で
この世に生み落とすという

赤ん坊は　やさしい母の声と

瞳

爆撃の音を聞きながら
懸命に乳を吸うのだろうか

遥か遠い国ウクライナ

かつて　この国の母と子もそうだったろうか
狭くうす暗い防空壕の中で
高い壁に囲まれたガザに住む母と子は
国をもたないクルド人の母と子は
ロヒンギャの村々に住む母と子は
今でも　そうだろうか

生まれてくる子どもたちは
時代も国家も選ぶことはできないけれど

それでも　この国に
この時代に
この母のもとに生まれてくる

できることは
知ろうとすること
無関心という怠惰と戦いながら
錆び付いた想像力で
目を覆わず　耳を塞がず

ただ願うこと
赤ん坊の瞳に最初に映るものが
母の笑顔でありますように

瞳

いつの日か
真っ青な空の下
大地に咲く向日葵のような
この世界の美しさを
その瞳に映すことができますように

童謡を歌う日々

聴いたこともない童謡を覚えて
歌って　歌って

子どもを抱いて眠って　眠って
見たこともない手遊びを覚えて
繰り返し　繰り返し
子どもを抱いて眠って　眠って

晴れた日には　小さな手を握って
歩いて　歩いて

子どもを抱いて眠って　眠って

ふたりだけの時間が
ゆるゆると流れる
幸せなのか不幸なのかもわからず

気がつけば　眠りから醒めたように
子どもは大きくなっていて
童謡も　手遊びも
ふたりだけの散歩も消えていく

とまどいと嬉しさと
とり残されたような思いで
わけもなく涙が出て

今は　子どもを抱くことのない両手で
夢のように過ぎ去っていった日々を
抱きしめる

童謡を歌う日々

手紙

わたしの部屋には
手紙の下書きが残っています

鉛筆で殴り書きした
うす紫色の便箋が
引き出しの奥にひっそりと
息を潜めるようにして

そこを開けて
二度と読み返したくはないのに

それなのに
捨てることもできません

あなたに送った方は
せめて読んでもらえたでしょうか
一度はその手に
抱いてもらえたでしょうか

手紙の下書きを
捨てることができません
読み返すこともできないのに

花

色褪せたプリザーブドフラワー
友情を失ったように
鮮やかな色を失った

贈ってくれた人と
喧嘩別れしたから
それでも
美しいままでいてくれると信じていた
ある日　茶色く変色した花を見て

何かが終わったんだと気がついた
もう元には戻れないんだと

さようなら
懐かしい日々
若く無邪気だった眩しい日々

いつの間にか老いが友となり
失うことを知ったけど

怖れないよ

とりどりの色は褪せ
美しさは容赦なく消え去っても

それでも
心を枯らさないで生きていくよ

花

閉店時間

お別れにきました
本屋が閉店すると聞いたから

少しそわそわしながら
足を踏み入れてみると
そこはほとんど変わっていません
棚の置き方も
本を分類するプレートも昔のままです

ずっと来なくてごめんなさい

閉店時間

家の近くに大型のブックストアができて
デパートにも大手の書店が入って
と言い訳しにきたのではありません

お別れにきました
そして　ありがとうを言いに

青春時代　ずいぶんとお世話になりました
電車の待ち時間を潰しにきたり
いろんな人と待ち合わせさせてもらったり

あまりいい客ではなかったと思います
めったに本は買わないし
漫画を立ち読みしてばかりで

どちらかというと不真面目な客でした

でもあの頃
もし本屋がなかったら
と想像することができません

当たり前のように
ここに存在してくれたから
思い出もこの中に
うっかり置いてきたようで
閉店すると聞いて
ちょっとうろたえてます

閉店時間

さて　最後の閉店時間が近づいています
店員さんも客も
慌ただしく動き話しています
ここを出る時間です

さようなら
ありがとう
わたしにとって特別な場所でした

あれから　すこしだけ
本が好きになりました

指

変形性関節症というらしい
五十歳を過ぎてから
すこしずつ　すこしずつ
変形していった十本の指

曲げることが難しくなり
野菜の皮を剝くこと
字を書くことがしんどくなった

専業主婦だから

指

家族のためだけに
この指を使ってきた

未熟な母は
幼い娘を叩いて
頬に指のあとをつけた
息子の遊ぶおもちゃを
床に叩きつけて壊した
愚かな指

その罰を受けたのなら
諦めるより仕方ない

今はただ

夫のためにささやかな食事を作り
ゴミを捨て
鉢植えに水をやり
亀の水槽の水換えをする
年老いた指

大切な人を傷つけた記憶をもち
愛しい人を抱きしめた記憶をもつ
醜く美しい十本の指たちを
慈しんで　慈しんで
この鈍い痛みとともに
ゆっくり　ゆっくり
生きていきたい

指

春がくる

立春が過ぎた暖かい午後
八十八歳で介護一の認定が下りた父
今日は調子が良さそう

お父さん、冬を越せそうやね
うん、越せそうや
顔色も良く
なんだか嬉しそうに言う

食事とトイレ以外は

ほとんど布団の中で過ごして
外出は週一回のデイサービスだけなのに

どこで春の気配を感じているんだろう
部屋に差し込む
日差しの強さかしら
障子の隙間から見える
庭木の葉の色かしら

春がくる
父の枕辺にも
目を細めてほころんだ顔は
早春の陽だまりのよう

待っていてね

今　ぽとりと花が落ちた
昨日　ひとつ
今日　またひとつ
まだこんなに水々しい花びらなのに

あと何日だろう
シクラメンが全部散ってしまうまで

それまでに　この病気が治るといい
シクラメンに願いをかけてみようか

待っていてね

冬が終わりに近づいて
暖かい日差しが窓辺に降り注いだら
花は惜しげもなく散ってゆくけれど
この老いた体も
じんわりと日差しを浴びて
芯から温まってゆくだろう
そうして
ゆっくりゆっくり良くなってゆくだろう

あといくつ花は残っているかしら
もうすぐ三月
濃い緑色の葉っぱの下に
またひとつ　小さな蕾を見つけた

揚羽蝶

孫が庭に出た
小さな体の前を
揚羽蝶が横切った

花水木が枝に咲く頃

歩き始めたばかりの彼は
この瞬間を言葉にすることはできない
何が起こったのかもわからない

美しい蝶は
彼に祝福を与えてくれたのだと思った
自分の足で歩いて
外へ踏み出していけることに

わたしは　いつまで
彼を見守ってやれるだろう

いつまで
一緒に並んで　歩いていけるだろう

ああ　いつか
この命が失くなっても
蝶に生まれ変わって

春には　彼のそばで軽やかに舞い
ずっと　祝福を贈り続けよう
幸せになりますように

揚羽蝶

あとがき

五年前に母が亡くなり、その数日後ふと空を見上げていたら、言葉が浮かんでくるような気がした。そして、四十代で一度諦めた詩作にもう一度取りかかろうと思い立った。
平凡に見える人生でも、その中には様々な喜怒哀楽があり、小さな物語が潜んでいるということに、年齢を重ねることで気がつくようになった。自分の内側からこぼれ出る言葉を紡いでいきたいと思う。

いつも支えてくれる家族、友人、出版の機会を与えてくださった東京図書出版編集室の皆さんに心から感謝したい。

この詩集をあなたが手に取ってくださったら……幸いです。

二〇二四年夏

上田桂子

上田　桂子（うえだ　けいこ）

1961年、福井県に生まれる。大学卒業後、財団法人に勤務する。結婚を機に退職。専業主婦となり、子育てをしながら30代で詩作を始める。

空と花と小さな手

2024年10月29日　初版第１刷発行

著　　者　上田桂子
発 行 者　中田典昭
発 行 所　東京図書出版
発行発売　株式会社 リフレ出版
〒112-0001　東京都文京区白山 5-4-1-2F
電話（03）6772-7906　FAX 0120-41-8080
印　　刷　株式会社 ブレイン

ISBN978-4-86641-808-7 C0092
Printed in Japan 2024